아무 날이나 저녁때

황인숙

아무 날이나 저녁때

황인숙

PIN

019

차례

뭐라도 썼다   9

온열 미라클 DH5001의 詩   12

오늘은 긴 날   14

한밤의 어른들   18

우리 명랑이랑 둘이   20

너는 숙제를 마치고, 나는   22

꼬르륵   26

번아웃   30

나비는 없네   32

벼룩   34

한밤의 일을 누가 알겠어요   36

개줄을 끄는 사람   38

목숨값   40

한국인 조르바   42

간발 46

어쩐지 지난여름 50

망중한 52

소낙비 왔다 가고 54

문어와 라일락 56

옛이야기 58

슬픔의 레미콘 60

아무 날이나 저녁때 62

결락 66

에세이 : 그이들이 초록 외투를 입혀줬네,
　　　　나는 시를 써야 하리 73

PIN
019

아무 날이나 저녁때

황인숙

시

뭐라도 썼다

잠 깨려고 커피를 마신 적 있나?

있다

있긴 있다만

대개는 잠을 깨려고 마시기보다

깨어 있어서 마셨다,

라고 나는 썼다

커피는 썼다

인생이 쓰고 즘생도 쓰고

뭐든지 쓴 밤

쓰지 않은 건 잠뿐

트리플 샷을 마셔도

쏟아지는 잠

그래, 커피는

마시는 것보다 쏟는 게

더 잠을 깨게 한다지

뭐라도 써야 하는 밤

온열 미라클 DH5001의 詩

힘 하나 안 들이고

거저 뱃살을 빼보겠다고

온도는 2단으로, 속도는 3단으로 하려다가

4단으로 가동시켰다

세상 편하고나

벌렁 누워서

두 발은 따끈따끈

살짝 치켜올려진 다리가 좌우로

맹렬히 왔다 갔다

그때그때그때그때

끄덕끄덕끄덕끄덕

두근두근두근두근

뜨끈뜨끈뜨끈뜨끈

이렇게도 들리고 저렇게도 들린다만

기계 소리에 무슨 의미가 있겠어

조근조근조근조근

차근차근차근차근

추근추근추근추근

투덕투덕투덕투덕

미국 사람 귀에는 어떻게 들릴까?

중국 사람 귀에는?

잠이 솔솔 쏟아진다

푹 자고 깨어나면 아무 소리도 들리지 않으리

오늘은 긴 날

하룻밤에 시 열 편을 쓰기도 했다

열 달 동안 시 한 편 안 쓰기도 했지만

매일매일 깼다

아침마다는 아니지만

하루에 여러 차례 깨기도 했지만

식욕은 오롯이 왕성했다, 뭐라도 맛있었다

'오행생식'만 빼놓고

모든 음식이 그와 같다면

세상 탐욕과 불화가 사라지리라(비만 또한)

빈둥빈둥 멀뚱멀뚱 피둥피둥

자화자비自畵自卑의 세월 끝에

운명의 깊은 뜻이런가

띄엄띄엄 살지 말라고

고양이를 맡기셨나봐

그리하여 총총거리며 촘촘히 살고 있다

하루는 짧고 하루는 길고

짧길짧길짧길짧길

짧아도 긴 날 있고

긴 날이 가뿐하기도 했다

어제도 짧았고 내일도 짧을 날

즐거운 긴 날, 오늘은

매일매일 긴 날인 조 선생님을 만났다

함빡 웃으시며 입가에 마른침 바글거리도록

속엣말 분출하신다

귀 어두운 사람답게 큰 소리로,

나는 고마우면 고마웠지

미안하다는 생각은 할 줄 모르는 사람이야

미안해야 할 일이면

그만둬! 하는 사람이야

아예 하지 않는 사람이야,

긴 길 쩌렁쩌렁 울리는 그 말씀

옳은지는 모르겠으나 멋있게 들리네

긴 날은 서로 커피 한잔 나눌 시간 없는 날

말씀 한없이 길어지고 높아지는 조 선생님을

긴 길에 혼자 두고 오는 날

집에 돌아와서는 밤새 퍼먹느라 잠이 부족한 날

먹는 시간만 줄여도 꽤 잘 텐데

먹는 시간만 줄여도 시 쓸 시간이 날 텐데

운명의 깊은 뜻이런가, 버릇된 운명이런가

여일한 자화자비

하루 지나면 또 긴 날

한밤의 어른들

내 옆자리에 앉은 꽃송이가 껌을 짝짝 씹고 있다
소화가 되지 않는 얼굴을 한 꽃*이다
어째 시큼한 냄새를 풍기는 버스는
경기도로 내달리고
보이지 않지만 휘영청 달이 뒤를 쫓고 있을 것이다
차창에 드문드문 비치는 몇 송이 꽃은
자기 집으로 가는 것이겠지
나는 반기지 않는 친구 집에 가는 중이다
오늘은 닷새 추석 연휴가 하루 남은 날
거기서 만나기로 한 다른 친구는 필경
이미 가 있을 것이다
그는 어제도 다녀왔다지
이사 날 잃어버린 친구의 고양이를 찾아다니러
애달아 동동거리는 그 마음에
정작 고양이를 잃어버린 친구는

착잡한 얼굴로 차갑게 중얼거렸다지

"너희는 참 이상한 세계에 사는구나"

몹시 속상해도 고양이는 잃을 수도 있는 것인 세

계의 주민과

이상한 세계의 주민이 어쩌다 친구가 되어

자정에 만나네

* 오규원 시의 한 구절

우리 명랑이랑 둘이

우리 명랑이랑 둘이
광화문을 다 걸어보네
살랑살랑 햇살이
겨울을 어루만져 잠재우고
이상하게 조용한
한낮
우리 명랑이가
은행에를 다 들르고
버스를 다 타보네
저 인간이 맨날
어디 나가나 궁금했지?
뭐 하고 다니나 궁금했지?
버스를 내려
비탈길을 걸어서
알지, 명랑아?

우리 집이지?
한 계단, 두 계단, 세 계단, 네 계단,
한 층, 두 층, 세 층, 네 층,
다 왔네!
상자에 담겨 나갔다가
단지에 담겨 돌아왔네
아, 우리 예쁜, 명랑이……

너는 숙제를 마치고, 나는

돌아갔니?
아직 돌아가는 길이니?
괜찮다고, 괜찮다고, 괜찮다고,
가라고
나도 갈 거라고
토닥토닥
네 눈을 감겼지만
괜찮지 않았다
괜찮지 않다

허공 말고
흉부 속에서
네 심장이 뛰던 시간으로
여기
저기

돌아가본다
어디면 너를 안고
돌아올 수 있었을까
이 때? 저 때?
어느 때? 그 어느 때?

다 끝났어!
허공에 흩어진 심장
되돌릴 수 없네
여지없이
어이없이
입을 떠억 벌리고

잘 가라
아니, 가지 말아라

속수무책

너무너무 그리워

꼬르륵

꼬르륵 소리가 신경 쓰여요
배고플 때
꼬르륵 소리가 안 나게 할 수 없을까요?
이수영이 전하는 청취자 사연을 들으며
머그컵 한가득 커피를 따라 데운다
그제 내린 커피를 망설임 없이
이것이 내 문화
정오에 시작하는 두 시간짜리 가요 프로
마칠 때가 다 돼가는데
이수영 배에서도 꼬르륵 소리가 나지 않을까

내 배에서 꼬르륵 소리 난 게 언제인지
기억나지 않는다
그런 적 있긴 있었을 텐데
아, 벌컥벌컥 들이켠 커피의 여파인가

방금도 꼬르륵, 소리 나네
아니, 꾸륵꾸륵이구나

강연장에서 영화관에서
음악당 객석에서
안절부절못하며 배를 눌렀지
그래도 비집고 나오던 꼬르륵 소리
움찔, 내 귀에 천둥소리 같았지
참 오래
꼬르륵 소리 나든 말든
신경 쓸 일 없이 살았네

꼬르륵, 문화와 사회의 소리

배를 누르며 얼굴 붉힐 처녀여

꼬르륵 소리가 나지 않게

제때 밥을 드실 수 있기를

번아웃

몇 달 집을 비우는 이웃이
맡긴 선인장
물은 한 달에 한 번 주면 된다 했는데
그것 쉽지 않구나
당최 틈이 없구나
촘촘한 가시 털 곤두세우고
화분에 꽉 차게 웅크린 고슴도치
날짜 대략 가늠해서
손가락 찔리며 어렵사리
두 번째 물을 주는데
정수리에 이게 뭔가 붉게 불룩
몽우리 섰다
선인장은 죽기 전에 꽃을 피운다던데
정말 그런 걸까
내가 물을 너무 적게 줬는가

많이 줬는가

달마다 한 번 마음 다해 물 주기

쉽지 않구나

당최 틈이 없구나

늦은 밤 집에 돌아와 바람 가시들 툭툭 털어내고

근심에 차 선인장 들여다본다

쉽지 않구나, 선인장

나비는 없네

한 이웃 사람이
선인장과 함께 맡긴 다육이
어느 날 불쑥
빙 둘러 토끼풀들 나타났네
다육이 잎 아래 숨어 싹 틔웠네
다육이 잎은 묵직하고
토끼풀들 나날이 줄기가 길어져 한들한들

세 곱은 컸을 거야, 다육이
처음엔 3월, 단단히 차려입고
입학식에 간 초등학교 1학년생
작고 매무새 단정했는데
두어 달 만에 부쩍부쩍
함부로 자랐네, 말괄량이 처녀 같네

다육이 아래서
부단히 새싹 올라오네
토끼풀 잎을 헤아려보네
전부 세잎클로버네
세 잎이건 네 잎이건
꽃도 피우면 좋겠네
나비는 없네
허전하겠네

벼룩

숭숭 털 빠진 고양이 한 마리
내 팔뚝에 머리통 비벼대더니
건너왔구려, 벼룩
팔오금 벅벅 긁으며 샅샅이 수색하는데
찾을 수 없구려
나 물리는 건 그렇다 치고
우리 집 야옹이들한테 옮겨 갈까 두렵소
부디 그대들이 아니고
그대였으면 좋겠소
혼자 살다 가셨으면 좋겠소
이왕이면 수명 다한 수컷이길 바라오
알 통통 밴 암컷이면
정말 곤란하오
벼룩만큼도 희망이 없는 인간에게,
에게는, 에게나, 에게도,

벼룩이

한밤의 일을 누가 알겠어요

어젯밤 눈 온 거 알아요?

어머, 그랬어요?

아무도 모르더라

토요일 밤인데다 날도 추운데 누가 다니겠어요

저도 어제는 일찍 들어갔어요

한밤의 일을 누가 알겠어? 우리나 알지

4월인데 눈이 왔네요

처음에는 뭐가 얼굴에 톡 떨어져서 비가 오나 하

고 가슴 철렁했는데, 싸락눈이더라구 자정 지나서

는 송이송이 커지는 거야

아, 다행이네요

그러게, 비보다는 눈이 낫지

동자동 수녀원 대문 앞 긴 계단

고양이 밥을 놓는 실외기 아래

밥그릇 주위에 졸리팜 곽 네 개

모두 뜯긴 채 흩어져 있었지

빠닥빠닥 블리스터들도

빠짐없이 비어 있었지

졸리팜 가루 같은

싸락눈 쏟아지던 밤이었지

개줄을 끄는 사람

저 사람은 왜
개줄을 끌고 가는 것처럼 보이는 걸까
개줄을 끌고 있기 때문이지
때로 그는
식당이나 어떤 공원
앞에서 발을 멈추고
발길을 돌리리
개줄 끝에 개가
있거나 없거나

어딘가 한 조각이
오려져 나간
혹은
빗금이 그어진 풍경처럼
관리가 안 된

생의

민얼굴로

목숨값

옛날, 아주 오랜 옛날
짜장면 한 그릇이
50원이었던 시절
신호등도 횡단보도도 없는 찻길을
일터로 삼은 청년이 있었다
그때는 아직 생기지 않은
남산 힐튼호텔 앞이었다
경사진 찻길 무단횡단이
청년의 일
살피면서 건너면 10원
무조건 건너면 50원
한번은 청년만큼이나 허름한 행색의 중년 남자가
청년에게 50원을 건넸다
그의 고객과 열 남짓 공짜 관객이
보도에서 지켜보고 있었다

청년은 눈을 꼭 감고 찻길에 들어서서
성큼성큼 발을 옮겼다
자동차들이 경적을 울려대고
중년 남자가 켕기는 목소리로 외쳤다
"조심해!"
하, 조심하라고?!
이렇게 죽으나 저렇게 죽으나,
청년은 계속 눈을 꼭 감았을까
저도 모르게 실눈을 떴을까

지금은 짜장면 한 그릇에
4천 원이던가, 5천 원이던가

한국인 조르바

그리스에서 가장 인상 깊었던 건

관광버스 뒷자리에 앉았던 여인

프랑스 영화 「이웃집 여자」의 여주인공 닮았더란다

버스에서는 뒤 한 번 돌아보지 못하고,

어느 유적지에서 내리는 그 여인의 뒷모습을 지

켜보기만 보면서

두근두근 키운 연모의 마음을

로맨틱한 감정의 보자기로 곱게 싸서

기념품으로 가져오셨다

파르테논이고 뭐고 배경일 뿐이지

나무처럼 서느렇다고만 여겼던 그가

정염으로 유체 이탈한 모습을 본 적 있다

발갛게 달아오른 얼굴, 하도 몰두해서 이글이글

몽롱한 눈빛,

우리는 배경도 아니었다, 숫제 존재하지도 않았다
오직 그 소녀, 잘 익은 복숭아 같은
열여섯 살 그 소녀만이 시공간을 가득 채웠다
그와 소녀만이 거기 있었다
그 발정!
소녀는 의연하고 농염했다
관념과 감각으로 날 선, 그 통정의 순간이
몸뚱이는 제자리에 각각 있는 채로 파르르 떨었다
어떤 이면이 휘딱 뒤집혀서 거죽으로 드러난
드물게 비현실적인 현실
우리는 눈도 마주치지 못하고 자리를 벗어났지만
한동안 충격에서 벗어나지 못했다

그래서 인간이 깊은 거지, 오묘한 거지, 세계는
넓은 거지

어디에 떨어져도, 유배지에서도,

그럴수록 즐겁게 사는 사람

간발

앞자리에 흘린 지갑을 싣고
막 떠나간 택시
오늘따라 지갑이 두둑도 했지

애가 타네, 애가 타
당첨 번호에서 하나씩
많거나 적은 내 로또의 숫자들

간발의 차이 중요하여라
시가 되는지 안 되는지도 간발의 차이
간발의 차이로 말이 많아지고, 할 말이 없어지고

떠올렸던 시상이 간발 차이로 날아가고
간발의 차이로 버스를 놓치고
길을 놓치고 날짜를 놓치고 사람을 놓치고

간발의 차이로 슬픔을 놓치고
슬픔을 표할 타이밍에 웃음이 터지기도 했네
바늘에 찔린 풍선처럼 뺨을 푸들거리며

놓친 건 죄다 간발의 차이인 것 같지
누군가 써버린 지 오랜
탐스런 비유도 간발로 놓친 것 같지

간발의 차이에 놓치기만 했을까
잡기도 했겠지, 생기기도 했겠지
간발의 차이로 내 목숨 태어나고

숱한 간발 차이로 지금 내가 이러고 있겠지
간발의 차이로

손수건을 적시고, 팬티를 적시고

어쩐지 지난여름

지난여름에는
명랑이가 없었다
그랬구나, 그랬네
명랑이가 없었네
란아, 우리,
열 여름을 산 거 같은 지난여름
지난여름,
열 여름을 죽은 거 같은

망중한

땀에 푹 젖은 손수건들
물에 헹궈 짜서 의자 등받이에 걸쳐놓았다
숨을
물속에서 쉬는 것 같다
짜고, 따뜻한 물 후루룩
빨려 들어오고
훅, 빠져 나간다
나이 들면 땀에서
나쁜 냄새가 난다지
숨에서도 그럴까
날숨, 날숨, 날숨
냄새를 맡아볼 날숨 만들려고
들숨, 들숨, 들숨
깊게도 쉬어보고 얕게도 쉬어본다
잘 모르겠네, 코가 맹맹하다

물고기 눈으로 벙벙

한여름 하오

들숨날숨

숨 쉬기 놀이

너희 매미들아, 쉬어가며 울럼

숨 막히겠다

소낙비 왔다 가고

쏟아지는 빗소리 매미 떼의 아우성
연달아 들릴 때
이동거리며 경로며
참 고난도 채집 현장이로다
식탁에 한가득 폐기물처럼
널브러져 쌓인 종잇장들 위아래
제 몸보다 큰 과자 부스러기 물고
바지런히 걷는 개미들
하나하나 눌러 죽이다 말고
냉장고 문을 열었다 닫았다
허기와 체기를 동시에 느낄 때
대짜 수박만 한 배를 하고 벌렁 누웠는데
안방에서 기어 나온 보꼬가
신음인지 한숨인지
나 들으라는 듯 토하며 털퍼덕

머리맡에 쓰러질 때

저 쨍쨍한 햇빛, 달빛이면 어떨까 생각하는데

베토벤의 「달빛소나타」 멋쩍게

라디오에서 흘러나올 때

팔 뻗다 닿은 김에 제 머리통 쓰다듬는 내 손을

만사 귀찮은 보꼬가 필경 눈도 뜨지 않고

깨무는 둥 핥는 둥

하다가 말 때

문어와 라일락

당신이
삶든 굽든 튀기든 회 치든
문어라면 사족 못 쓰고 좋아한다고
그걸 누가 질투할까요
그리고 또, 뭐 문어를 질투하는 사람도 다 있을
까요?
당신이
라일락꽃 향기 품은 한 폭 바람에
저도 모르게 눈 감으며
"아, 좋다!" 우화등선하신다고
질투할까요, 내가?
아니요, 질투하지 않아요
아니, 가만히 질투가 나네요
모든 홀림과 호림이 내겐 아득해서요
감질나게 지나간 라일락 시간

옛이야기

아무리 애 터지는 슬픔도

시간이 흐르고 흐르면

흐릿해지지

시간은 흐르고

흐려지지

장소는

어디 가지 않아

어디까지나 언제까지나

영원할 것 같은

영원한 것 같은

아플 것 같은

아픈 것 같은

장소들

슬픔의 레미콘

슬픔 반 남은 거 판매함
포장해드립니다

직립원인이 미소 띠고
엉거주춤 팻말을 들고 있다
한들한들 꽃 피운 코스모스들
짚단처럼 쓰러져 있는
지방도로 길섶
막무가내로 바람 불고
온 하늘이 거대한 물고기
비늘 같은 구름으로
촘촘히 덮여 있다

저 하늘 鋪裝하고
남은 반

아무 날이나 저녁때

1

온종일
저녁 같은
날

창밖 멀리 하늘,
그 아래 건물들도
어딘지
삭아가는
시멘트 빛

아, 정작
저녁이 오니
건물들이 희게 빛나네

하늘과 함께
건강함의 진부함을
뽐내네

2

어제 우연히 발견한
10년은 좋이 지난 너의 메모
좋은 펜으로 썼나봐
글자가 선명하네
'아무 날이나 저녁때'

내게 아직
진부하게도
저녁이 있었을 때

아무 날이나
저녁때

결락

맥없이 혀끝으로
아랫니 오른쪽을 더듬어본다
앞니 하나, 윗부분이 종잇장처럼 얇다
그 옆 송곳니는 금빛 왕관을 잃은 이래
급속도로 몰락, 그루터기만 남고
어금니는 자취 없다
"가을에 어떻게, 만져봅시다"
치과의의 결연한 말씀에
풀 죽은 고개를 끄덕인 지
1년이 지났다
송곳 끝 같은 눈에나 띄었을까
자빠질 듯 고개 젖히고
목젖이 보이도록 입 벌리고 웃었으면
폐허를 들켰겠지만
그렇게 웃을 일 없었다

혀끝으로 찬찬히

아랫니 오른쪽을 더듬어본다

다시는 스스로 복원할 수 없는

결락

가난이니 늙음이니

이제 입을 열면 누추의

환멸스런 구취 기어 나오리라

아, 복원할 수 없는 것들!

내 몸처럼 생겨났다 떨어져 나간

가령, 란아

그 무얼 생각해도 메스꺼운

하루,

하루,

하루,

란아, 란아, 란아,

이렇게 가혹한 여름도

누군가에겐 아름다울까

PIN

019

그이들이 초록 외투를 입혀줬네,
나는 시를 써야 하리

황인숙

에세이

그이들이 초록 외투를 입혀줬네,

나는 시를 써야 하리

　　—달리아 라비, 「Love's Song」

0

　이미 늦었다. 그야말로 평소 내 상스러운 농담대로 '신문지라도 찢어서' 줘야 할 실정이다. 내가 사태를 파악하지 못했다. 아마도 파악하고 싶지 않았을 테다. 마취제니 조영제니 쏟아부은 여파일까. 머리가 전혀 작동하지 않는다. 와중에 편집자한테 말미로 받은 열흘을 닥치는 대로 읽는 데 다 써버렸다. 지금 내가 책 읽을 때가 아닌데, 라고 수시로 중얼거리면서. 감이 오기를 기다린답시고 그랬는데, 끝내 어설픈 감도 오지 않았다. 몸은 더 건강해졌는데 머리는 가뜩이나 나쁜 머리가 더 나빠진 것 같다. 아, 복대를 두른 건 복부인데, 질식할 듯 갑갑하고 답답한 머리통이어라. 감정도 둔해지고 감각은 무뎌진 것 같다. 어젯밤 계단을 내려가면서 집 앞 교회당의 은빛 별을 인 크리스마스트리를 보았다. 해마다 이맘때면 내 집 트리인 양 마음을 반짝거리게 했건만, 가만히 들여다봐도 마음이 반짝거리지 않았다. 그래도 교회 종소리를 들으면 설렐 것 같다. 언제부터인가 교회들이 종소리를 들려주지 않는다. 쇠북 소리이건 차임벨 소리이건 교회를 다니지 않는 사람도 마음이 아름다이 씻기는 듯했는데. 음악은 그런 것이다. 그런데 요새는 집에서 음악을 틀어놓지도 않았고, 그런 줄도 모르고 지냈다. 아무래도 내가 이상하다.

엄살부리지 말자. 나는 얼마나 운이 좋은가. 좀처럼 생각지 않던 건강검진을 때맞춰 받은 것도 그렇고, 그 이후의 과정들도 더 바랄 나위 없이 좋았다. 검진을 마친 뒤 점심이나 같이 먹자고 병원에 왔던 조은(시인)만 날벼락을 맞았다. 정작 나는 어안이 벙벙한 채 덤덤했는데, 조은은 나 때문에 며칠 동안 혈압이 엄청 오르고 잠도 제대로 못 잤다고 한다. 그래도 끝내 유머러스한 조은이어라. "환자복이 어울리기 힘든데 참 잘 어울리더라." 조은을 위시하여 수많은 친구들이 문병을 왔다. 저마다 주어진 삶이 막중할 텐데, 직계가족이나 더 가까운 친구들 챙기기도 벅찰 텐데, 넘치는 마음을 보여준 그들에게 고맙기도 했고 당혹스럽기도 했다. 나는 내가 꽤 착한 편이라고 생각했는데 그렇지도 않다는 걸 절감했다. 그런데 왜 그렇게나 나를 챙겨주는 것이지? 고마움 잊지 않겠지만, 그들에게 같은 일로 갚을 일이 없기를!

어…… '핀 시리즈' 시편들을 기어이 넘겨야 하는 이 시간이 어떻게든 지날 테고, 그 외 이런저런 생각은 나중에 하자.

1

 고양이밥 주러 동네를 도는데 낯선 고양이 두 마리가 한동안 나를 미행했다. 어둠 속이라 또렷이 보이지는 않았지만 쌍둥이처럼 닮은 커다란 갈색 고양이들이었다. 나를 향해 호소하는 울음소리가 어쩐지 사람에 익숙한 듯했다. 밥을 제공하는 사람이 있다는 걸 아는 누군가가 이 동네에 마음먹고 제 고양이들을 유기한 걸까? 개들이 계속 말을 붙였지만 한마디도 대꾸하지 않고 무뚝뚝이 참치 캔을 따서 한 자동차 밑에 듬뿍 덜어놓자 더 이상 따라오지 않았다. 그렇잖아도 여기저기 새끼 고양이들이 늘어 동네 사람들한테 여러 말 듣고 있는데. 미안하다, 고양이들아. 너무도 사랑스러운 새끼 고양이들을 봐도 낯선 고양이를 만나도 반갑기보다 이렇듯 마음 무겁기만 한 내 삶이란 대체 뭘까.

2

처음 시를 쓰기 시작했을 때 나는 '시는 다른 곳에'라고 생각했던 것 같다. 삶과 다른 곳에. 내가 처한 삶과 다른 세계를 꿈꾸고 꾸며내기. 그 생각이 내 시에 반영됐는지, 반영됐을 경우에 보다 詩다웠는지, 모르겠다만 그때 내게 시는 아마 '고귀'하고, '특별'하고 '유일'한 무엇이었다. 나도 남도 나를 유미주의자라 여겼던 시절.

언제부턴가 나는 일상시(?) 생활시(?) 그런 시들을 주로 쓰고 있다. 시는 '삶의 한가운데'에 있다는 믿음에서 그런 거라면 좋으련만, 매사 치열하지 못하게 사는 내 삶꼴의 일환일 따름이다. 아름답고 치열하게 살았더라면 어쩌면 내 시도 그렇게 됐을 것이다. 그러나 한심할 정도로 무기력하고 나태한 날들…… 그러한즉 10년이고 20년이고 아무 무게 갖지 못한 시간이 휴지 쪽처럼 휘리릭 날아가버리고 시는 지리멸렬.

아, 뭐야. 뭐, 근사한 말 좀 했으면 좋겠는데…….

시인으로서의 내 삶이나 내 시에 대해 얘기하라 돗
자리를 펴주면 자책과 회한만 쓰고 떫게 우러나온
다.

3

며칠째 집에 있을 때면 달리아 라비의 「Love's
Song」을 틀어놓고 있다. 듣고, 듣고, 또 들어도 질
리지 않는다. 얼마나 그리워했던 노래인가. 그렇게
라디오 전파도 많이 탔던 노래건만 소위 음악 마니
아라는 친구들도 이 노래를 알지 못했고 찾아주지
못했다. 그 노래를 드디어 되찾았다, 거의 40년 만
에!

일주일 전 모르는 사람한테서 메일이 왔다. 내
수필집들을 읽다가 산레모가요제 우승곡이라는 "다
리아 라비의 「러브 송」"을 듣고 싶어 한다는 사실을
알았는데 나보고 잘못 알고 있는 게 아니냐고 했다.
산레모가요제를 전부 뒤져도 우승곡은 물론 입상
곡에 그런 노래는 없다는 것이다. 혹시 이 노래 아

니냐며 그는 비슷한 이름의 가수가 부른 노래 하나를 첨부했다. 물론 그 노래가 아니었다. 그에 촉발돼 영어로 'Daliah Lavi'를 찍어 위키피디아를 검색해봤는데 거기 '달리아 라비'가 있었다. 그런데 그녀는 유명 영화배우 겸 모델이라고 했다. 고개를 갸웃거리며 다시 네이버에 달리아 라비와 동경가요제를 찍어 검색했다. 두 개의 게시물이 올라 있었고 한 게시물에 거짓말처럼 그 노래의 유튜브 동영상이 있었다. 그 동영상을 클릭하자 그립고 그리웠던 목소리가 흘러나왔다. 전율! 기가 막혔다. 'ㄹ' 받침 하나 잘못 알아서 40년이나 이산 음악이 됐었다니. 곡명도 'Love Song'이 아니라 'Love's Song'이었고. 하긴 이 노래가 인터넷에 올라 있는 것도 2010년 10월이니까 그 전에는 들을 길이 없었을 것이다.

모르는 그이에게 감격과 흥분에 찬 메일을 보냈다. 몇 시간 뒤 그로부터 답 메일이 왔다. "허탈하군요…… 설마." 달리아 라비일 줄 생각도 못 했다고 했다. 나도 허탈했다. 달리아 라비는 그도 익히 알고 있는 가수였다는 것이다. 그런데 오리지널곡

보다 다른 가수가 히트시킨 노래의 리메이크곡이 많은 가수이기 때문에 염두에 없었다고. 달리아 라비는 조관우 같은 가수인가 보았다. 그는 내「러브 송」의 영어 버전과 독일어 버전, 두 개의 파일을 첨부해 보냈다. 그토록 쉽사리. 나는 'R'과 'L'을 늘 뒤바꿔 발음한다고 외국어에 능통한 한 친구의 놀림감이 되곤 했는데 무식의 값을 이렇게 비싸게 치렀다. 하긴 내 무식은 어제오늘 일이 아니다. 내 첫 시집에「링반데룽」이란 시가 있다. 그 시를 처음 발표할 때 내가 붙인 제목은 '링반대롱'이었다. 뭐, 대롱? 그 생각을 하면 낯이 화끈거린다.

4

어떤 이들이 한때 문학소녀였던 것처럼 나는 한때 음악소녀였노라. 가수 이름도 곡명도 가사도 모르는 채 음악에 홀렸다. 재료는 아랑곳없이 그저 탐식하는 먹보였다.

아무리 입에 맞는 맛있는 음식이어도 "맛있다!

그치? 맛있어!" 감탄하면서 한두 입 먹고 마는 친구가 있는데 나는 맛있으면 먹고, 먹고, 몇 날을 질리지 않고 먹는다. 그처럼 한번 꽂힌 음악이 있으면 그것만 듣고 듣는다. 지금은 같은 곡을 반복해 듣는 게 거저먹기지만 LP 시절에는 번거로웠다. 음악이 끝나면 바늘을 들어 레코드판 홈에 맞춰 다시 내려놓아야 했다. 손끝을 바들바들 떨면서 몇 번이고, 때로 몇십 번이고 바늘을 옮겼었지.

몇 시간 되풀이해 들었더니 왼쪽 팔오금께부터 둥글게 둥글게 홈이 파이는 것 같다. 달리아 라비의 노랫소리가 내 몸에 문신처럼 새기는 동심원이 심장을 향해 좁혀진다. 이제 생각난다. 그 1970년 동경가요제 실황녹음 레코드판. 그때 우승곡은 「꿈속의 나오미」였다. 그 곡도 꽤 자주 들었지만 나는 달리아 라비의 「Love's Song」에 홀렸다. 그게 1973년 여름이었다.

음악은 내게 값싸게 구할 수 있는 마약 같은 것이었다. 따분하고 불안하고 고립무원인 내게 그 세계는 너무도 달콤했지만 음악이 끝나는 순간 비눗방울처럼 사라진다. 나는 비눗방울이 꺼질세라 불고 또 불었다. 아, 그 덧없는, 아름다운 비눗방울들……. 문학이 열어주는 세계와는 또 다른 그 도취의 순간에서 나는 헤어나기 싫었다.

「Love's Song」을 부르는 달리아 라비의 목소리는 애절하고 아름답다. 미세한 스크래치의 수없이 많은 결로 짜인 바람의 목소리. 격렬하지만 사납지 않고, 그러면서도 가슴을 저릿하게 만드는……. 그녀의 목소리는 착하면서도 퇴폐적인 맛이 우러나는 허스키다.

「Love's Song」의 꽤 히트했다는 독일어 버전 곡명은 '지난 여름밤의 연가Liebeslied Jener Sommernacht'다. 그 역시 근사하다. 어쩌면 「Love's Song」은 그저 통속한 사랑 노래에 불과한지도 모른다. 그렇거나 말거나 나는 달리아 라비가 부르는 「Love's Song」 같은 시를 쓰고 싶다.

방바닥에 떨어진 내 파카 위에서 웅크리고 자던 란아가 갑자기 구슬프게 흐느껴 운다. 이 노래가 란아한테 참을 수 없이 슬픈 기분을 들게 했나 보다.

머리를 쓰다듬어주니까 고르릉거리며 다시 눈을 감
는다.

5

사람의 감수성이 이토록 다르다니 놀랍다. 설 전
날 이제하 선생님의 카페 '마리안느'에 놀러 가서
「Love's Song」을 틀어줬더니 연극연출가 최강지
선생님이 음악에 맞춰 몸을 흔들며 춤을 추셨다. 좀
당혹스러웠는데, 어젯밤 친구들에게 들려줬을 때는
"인숙이가 이런 명랑한 노래를 좋아하는구나, 다행
이다"라는 말을 들었다. 어, 그런가? 물론 「Love's
Song」은 템포가 빠른 곡이고 달리아 라비 목소리
에 달콤한 데가 있긴 하다만. 단맛에 민감한 이에게
는 많이 단 것일까…….

내가 아직 젊은 신진 시인이었을 때, 내 시가 밝
고 발랄하다는 감상을 주로 듣고 참 이상했었다. 정
작 나는 내 시에 페이소스가 가득하다고 여겼는데.

6

길을 가다 우연히 들리는 음악 소리에도 감전된 듯 전율하던 시절이 있었는데 이제는 그런 게 사라졌다고 내 둔해진 감각과 정서를 한탄하자 한 친구가 완전히 다른 관점의 말을 했다. 그때는 음악에의 경험도 소양도 보잘것없어서 그 얇은 판이 무엇에고 쉽게 울렸지만, 지금은 판이 두툼해져서 시시한 것에는 울리지 않는 거라는 것이다. 정말 최고의 것, 비수 같은 것에만 울린다는 것. 아, 그런가! 그렇게 해석할 수도 있는 건가! 적이 위안이 되는 말이었다.

내 시가 제일인 줄 알고 자만심 가득했던 시절이 있었다. 그때의 시를 지금 읽으면 어떤 건 풋내로 가득하고 잘도 이런 걸 시랍시고 묶었네 싶게 미숙함이 한눈에 띈다. 분명 전보다 시를 보는 안목은 높아졌는데 그렇다고 시를 더 잘 쓰게 되는 건 아니다. 최고의 시, 비수 같은 시를 쓰고 싶다. 욕심은 그득하건만 정진하는 능력이 부족한 나. 그래도 시

는 영감과 우연의 소산이라는 미신을 벗은 게 어딘
가. 아니, 아직 벗어나지 못한 것 같다. 그래도, 정
진해야 영감이 생기든 말든 한다는 건 알겠다.

7

　우리 동네 폐지 모으는 할머니가 길에서 쓰러지
셨다. 처음 봤을 때보다 내 얼굴이 너무나 상했다고
걱정하면서 "괭이밥 주러 다니느라 너무 고생해서
그렇지" 하시던 할머니. 당신의 육순 큰딸이 나보다
젊어 보인다 하셔서 나를 낙심케 했더랬다. 이번에
알았는데 87세나 잡수셨단다. 70세쯤으로 보였는
데, 동안 집안이신가 보다.
　종이 박스를 두고 다투다 쓰러졌다는 말을 전해 듣
고 착잡했는데 알고 보니 설이라고 동사무소에선
가 나눠 준 쌀자루가 원인이었다. 10킬로그램 쌀자
루를 폐지 카트에, 역시 폐지 모으는 일을 하는 92세
다른 할머니 몫까지 두 개 실어서 한 개는 그 집에
내려놓은 뒤 당신 집으로 오는 길의 계단을 오르다

변고가 생긴 것이다.

쌀을 준 기관에 화가 치민다. 지난해 추석 무렵에는 그 92세 할머니가 마을금고에서 나눠 주는 쌀자루(그때는 20킬로그램)를 비탈길을 기다시피 하며 옮기시는 걸 보고 돕느라 죽을 고생 했는데, 나를 만나지 못했으면 그 할머니 중병에 걸리셨을 터였다. 그 자선 쌀자루의 수급자들은 대개 우리 비탈 동네에서 폐지를 모으며 사는 독거노인이다. 차에 실어 집집마다 배달해주는 게 마땅하지 않나? 그만한 배려도 못 하나? 그 기관 근무자 중에는 눈 있는 사람이 한 명도 없나? 허리 구부정한 백발노인들이 그 무거운 걸 어떻게 갖고 갈지 걱정도 안 되나? 후원받은 쌀을 나눠 주면서 노인들께 무례하게 생색이나 내고…….

며칠 만에 뵙게 된 할머니는 멋쩍게 웃으며 반기셨다.

"이틀은 정신 못 차렸다고 하네. 다시는 댁네를 못 보는 줄 알았어."

닷새쯤 입원비가 120만 원 들었다는데, 너덧 달

고생해야 버실 액수다. 독거노인들, 고양이들, 그리고 모자원. 이 동네에는 가슴 아픈 모습이 너무 많다.

양귀자 선생의 연작소설집『원미동 사람들』이 나올 무렵 나는 쇠락해가는 옛날 시장 한가운데에 살았었다. 오규원 선생님의 한 산문에 '나는 내 삶을 무화시키기 싫어 시를 썼다'는 구절이 있다.『원미동 사람들』을 읽으면서 양귀자 선생이 여기 살았으면 분명히 우리 시장 사람들의 삶을 생생히 남기셨을 거라는 생각이 들었다. 내가 소위 글을 쓰는 사람인데, 내게 능력이 없어서 시장 사람들의 삶을 무화시키지 말아야 할 책무를 저버리고 있구나……. 나는 시장 사람들에게 면목이 없었다. 평범한 삶을 영원화하는 것에 대한 지향이 그때 싹튼 듯하다. 그냥 보통 삶의 애틋함이 민감하게 들어오고 소중하게 여겨지고, 그러다 못해 진부함과 속됨조차 너그럽게 받아들이게 된 게 내 시가 점점 최초의 내 취향에서 멀어지게 만든 요인일라나.

그동안 폐지 모으는 할머니에 대한 시를 두 편인지 세 편인지 썼는데, 그 할머니들 삶을 무화시키지 않겠다는 뜻은 당연히, 절대 없었다. 그런 뜻이 있었고 그 뜻을 관철하는 데 성공했다면, 그분들이나 그 가족들에게는 보이고 싶지 않은 너무도 가슴 아픈 시가 됐을 것이다. 다행인지 불행인지, 내 시들은 서글픈 감상으로 눅눅한, 희미한 스케치에 불과하다.

역시 나는 나를 파먹거나 파들어가는 시나 써야겠다.

8

달리아 라비의 「Love's Song」을 들으며 이렇게 가슴 에고 설렘은 혹시 40년 세월이 덧칠된 때문일까? 그렇다기에는 이 노래가 완벽히 봉인돼 있었다. 오히려, 40년 전과 너무도 같은 반향이 문득 쓰라리다. 내 삶은 조금도 변한 게 없다. 그때는 어리기라도 했지, 오십이 훌쩍 넘었는데도 여전히 '키다리 아저씨'를 꿈꾸는 고아 근성을 버리지 못하고…… 뭐 같은 내 인생! 워워, 그만하자, 그만해.

이 노래를 되찾아서 얼마나 좋은가! 지지난해 2월에 꿈만 같이 옛 친구를 만났다. 입원을 하루 앞둔 날, 미국으로 이민 간 뒤 종적을 찾을 길 없던 그 친구가 거의 40년 만에 홀연 전화를 해온 것이다. 반가움과 원망으로 울먹거리면서 나는 내가 이제 죽으려는 징조인가 보다 여겨져 두려웠다. 그러나 나는 회복했다. 그때 생각이 난다.

어쩌면 이 노래가…… 내게 시를 되찾아줄지도 모르겠다. 그랬으면 좋겠다. 그래, 난 얄팍한 시인이노라! 실바람도 놓치지 않고 공명하던 감수성이여 다시 한번!

다시 0

6년쯤 전에 쓴 글이다. 내 삶은 거의 변하지 않았다. 시는 더 퇴보. 아주 간간, 돌발적으로 진보. 내 10년지기 이웃인 폐지 모으는 할머니는 지난해 늦가을에 아드님이 모시고 간 뒤 소식을 모른다. 그분이 반평생을 보내신 골목집은 지난 1월에 동파의

자취를 그 골목에 길게 드러냈었다. 아직 비어 있는 듯하다. 할머니시여, 어디서든 평안하시기를…….

* 이 글은 에세이 「달리아 라비의 〈러브스 송〉」을 개작한 것이다.―필자 주

아무 날이나 저녁때

지은이 황인숙
펴낸이 김영정

초판 1쇄 펴낸날 2019년 8월 31일
초판 2쇄 펴낸날 2023년 1월 6일

펴낸곳 (주) 현대문학
등록번호 제1-452호
주소 06532 서울시 서초구 신반포로 321(잠원동, 미래엔)
전화 02-2017-0280
팩스 02-516-5433
홈페이지 www.hdmh.co.kr

ISBN 978-89-7275-114-4 04810
      978-89-7275-113-7 (세트)

* 책값은 뒤표지에 있습니다.

현대문학 핀 시리즈 시인선

001	박상순	밤이, 밤이, 밤이
002	이장욱	동물입니다 무엇일까요
003	이기성	사라진 재의 아이
004	김경후	어느 새벽, 나는 리어왕이었지
005	유계영	이제는 순수를 말할 수 있을 것 같다
006	양안다	작은 미래의 책
007	김행숙	1914년
008	오 은	왼손은 마음이 아파
009	임승유	그 밖의 어떤 것
010	이 원	나는 나의 다정한 얼룩말
011	강성은	별일 없습니다 이따금 눈이 내리고요
012	김기택	울음소리만 놔두고 개는 어디로 갔나
013	이제니	있지도 않은 문장은 아름답고
014	황유원	이 왕관이 나는 마음에 드네
015	안희연	밤이라고 부르는 것들 속에는
016	김상혁	슬픔 비슷한 것은 눈물이 되지 않는 시간
017	백은선	아무도 기억하지 못하는 장면들로 만들어진 필름
018	신용목	나의 끝 거창
019	황인숙	아무 날이나 저녁때
020	박정대	불란서 고아의 지도
021	김이듬	마르지 않은 티셔츠를 입고
022	박연준	밤, 비, 뱀
023	문보영	배틀그라운드
024	정다연	내가 내 심장을 느끼게 될지도 모르니까
025	김언희	GG
026	이영광	깨끗하게 더러워지지 않는다
027	신영배	물모자를 선물할게요
028	서윤후	소소소小小小
029	임솔아	겟패킹
030	안미옥	힌트 없음
031	황성희	가차 없는 나의 촉법소녀
032	정우신	홍콩 정원
033	김 현	낮의 해변에서 혼자
034	배수연	쥐와 굴
035	이소호	불온하고 불완전한 편지
036	박소란	있다